KB209782

무지개 윙크

시 읽는 어린이 158

무지개 윙크

2024년 12월 16일 1판 1쇄 인쇄 / 2024년 12월 30일 1판 1쇄 발행

지은이 구옥순 / 펴낸이 임은주
펴낸곳 청개구리 / 출판등록 2003년 10월 1일 제2023-000033호
주소 (12284) 경기도 남양주시 다산지금로 202 (현대 테라타워 DIMC) B동 3층 17호
전화 031) 560-9810 / 팩스 031) 560-9811
전자우편 treefrog2003@hanmail.net
네이버블로그 청개구리출판사
인스타그램 treefrog_books

북디자인 서강 / 일러스트 장은희
출력 우일프린테크 / 인쇄 하정문화사 / 제책 상지사P&B

Wink of the rainbow
Written by Koo Oksun. Illustrations by Jang Eun Hee.
Text Copyright ⓒ 2024 Koo Oksun. Illustrations Copyright ⓒ 2024 Jang Eun Hee.
All rights reserved.
First published in Korea in 2024 by CHEONGGAEGURI Publishing Co.
Printed in Korea.

ISBN 979-11-6252-145-8 (74810)
ISBN 978-89-97335-21-3 (세트)

● KC마크는 공통안전기준에 적합하였음을 의미합니다.
● 이 책은 친환경 재생용지를 사용해 제작하였습니다.

이 책은 부산문화재단 부산문화예술지원사업으로 지원 받았습니다.

시 읽는 어린이 158

무지개 윙크

구옥순 동시집 ● 장은희 그림

청개구리

동시 쓰기는 보물찾기 놀이

얘들아, 안녕?
만나서 반가워!

난 일곱 빛깔 무지개야.
너희도 울다가 웃을 때가 있지?
그럴 때 온통 세상이 무지갯빛으로 보이지
비 오다가 햇살이 잠깐 빛날 때 생기는
무지개 말이야.

무지개가 되어 세상을 내려다보면
열매에게 꽃을 다 내준 무화과나무도 보이고
감자의 상처에 묻혀진 재가 땅속에서
꿈꾸는 씨앗을 다독거리는 모습도 보이며
남의 둥지에 알 낳는 게 미안해
애절하게 우는 뻐꾸기의 울음소리도 들리며

4

내 알인지 네 알인지 몰라도 열심히 먹이를 날라 알을 키우는
뱁새 부부의 모습도 아른거린단다.

피난 가느라 등에 매직으로 이름 쓴 우크라이나 아이 '비라',
지진으로 건물 더미에 묻힌 엄마 품에서 겨우 살아난 아기,
암행어사가 되어 서민들 살림살이를 살피러 나온 만 원짜리 지폐,
농장으로 옮겨 새 단짝을 만난 전자 오르간 등등
이 세상 살아가는 모습이 힘들고 고달프게 보이지만
나름대로 열심히 살아가는 모습에 감동한단다.

얘들아,
동시 쓰기는 이 세상에 숨어 있는
귀한 보물을 찾아내는 재미있는 놀이라고 생각해.
힘든 일을 이겨낼 수 있는 가장 좋은 방법이 될 거야.
너희들도 보물찾기 놀이해 봐!

이제 여섯 번째 동시집을 세상에 보냅니다. 부족한 시에 심지 깊
은 평을 써 준 박선미 시인님과 아기자기한 옷을 입혀 준 장은희
화가님, 청개구리 조태봉 사장님과 편집팀에게 진심으로 감사를
드립니다.

2024년 가을에

구옥순

차례

2부 보물찾기

3부 우크라이나 아이

4부 100개의 드론처럼

1부

꿈꾸는 씨앗

비의 발자국, 비꽃

비도 맨 처음 떨어질 때는
아름다운 꽃이 된다
유리창에 툭
연못 위에 툭
큰길 먼지 위에 툭
피었다 지고
피었다 지고
인간의 이기심에 화가 나면
곳곳에 물폭탄을 퍼붓는 비도
처음엔
고운 발자국
꽃처럼 사뿐사뿐 걷는다

초승달

하느님의
낚싯바늘인가 보다

해 질 녘
붉게 물든 서쪽 하늘
쳐다보는
내 마음

훅
채 가는

꽃은 다 어디 갔을까

무화과는
꽃 없는 열매라는데
손으로 툭 잘라 보면
열매 속은
온통 꽃밭이다

꽃이란 꽃은 몽땅
열매에게 다 줘 버린
무화과나무

울 엄마
쏙 닮았다

재

젊어서는 큰 나무로
온 산을 파랗게 품기도 했고
늙어서는
난로에 들어가 환하게 웃으며
세상을 따뜻하게 하였고
이제는 보드라운 먼지로
씨감자 상처 어루만지다가
다시 흙으로 돌아가
꿈꾸는 작은 씨앗 다독일 테지

무지개 1

비 오다가
잠깐 해가 나온 사이

지구 아이는
저 푸른 우주를 향해

빨
   주
      노
         초
      파
    남
보

찬란한 활시위를
당기는 중!

무지개 윙크

와! 날 정말 예뻐하나 봐
울다가 웃더니
저 커다란 눈으로
윙크하잖아

와! 날 정말 좋아하나 봐
눈화장을
저리 곱게 하고서
윙크하잖아

땅거미

노을이 붉어지고
점점 어둠이 밀려오면

시커먼 거미가
슬그머니 땅 위에 커다란
거미줄을 친다

밤이 깊을수록
스르르 눈꺼풀이 감기며
온몸에 힘 빠지는 이유는

발버둥치면 칠수록
잠이라는 거미줄이
내 몸을
돌돌 감아 버리기 때문이야

수평선

친구와 다투고
멀리 수평선을 바라본다

폭풍우가 휘몰아칠 때는
바다도
하늘도
한마음이 된다

하늘이 바다가 되었다가
바다가 하늘이 되었다가

서로 마음 다독거리면서
위로해 주는가 봐

햇살의 손

—아무도 내 편이 없다

엄마에게 야단맞고
울먹이는 내 등을
가만가만 토닥이며
이마며
귓불이며
어깨를
따뜻하게 쓰다듬는다

—걱정하지 마,
  난 항상 네 편이야!

소금쟁이

연못 위를 미끄러지듯
톡톡 튀는

던져도 던져도
가라앉지 않는

하느님의

물
수
제
비

하루살이의 춤

하루살이라고
하루만 사는 건 아니야

삼 년 동안 물속에서
신나게 먹고 놀고 자고

해 질 녘
딱 하루만이라도 좋아

화려한 불빛 아래에서
밤낮없이 춤추지

오롯이
네 마음을 얻기 위해

★물속에서 삼 년간 살다가 날개를 달면 입은 퇴화해서 먹지도 않고 짝을 구하기 위해
춤만 춘다고 함. 혼인비행을 하고 나면 물속에 평균 1,500개에서 3,000개의 알을
낳는다고 함

악어의 눈물

악어가
먹이를 잡아먹을 때
슬픈 듯
불쌍한 듯
눈물을 흘린대

눈물을 흘려야
입에서 수분이 나와
먹이를 쉽게 삼킬 수 있대

알고 보면
알고 보면

악어 눈물은
거짓 눈물

슬퍼서도
불쌍해서도 아닌

화내는 법

감자는
참다 참다 못 참으면
새파란 얼굴에 뿔이 돋는다
여기저기 뿔난 도깨비가 된다

고구마는
참다 참다 못 참으면
아무도 몰래 끙끙 앓는다
속이 시커멓게 타들어 간다

맨발 걷기

저기 봐!
큰 소나무도 맨발로 서 있고
작은 갈매기도 맨발로 걷지

사람들은 이제야 신발 벗고
맨발로 걷는대

산모퉁이 황톳길이나
바닷가 파도 사이 모래밭을

그러면 아픈 게 다 낫는대
왜 그럴까?

지구가 쉬지 않고
뽀뽀해 주고
토닥토닥 어루만져 주거든

풀피리

키 작고 여린
말 없는 풀잎도
입에 대고 불면

햇볕의 따사롭고 포근한 이야기
태풍 속에서 시달렸던 무서운 이야기
꽃향기 실은 바람의 달콤한 이야기

끝도 없이 풀어놓는다

가냘픈
풀잎의 입술로

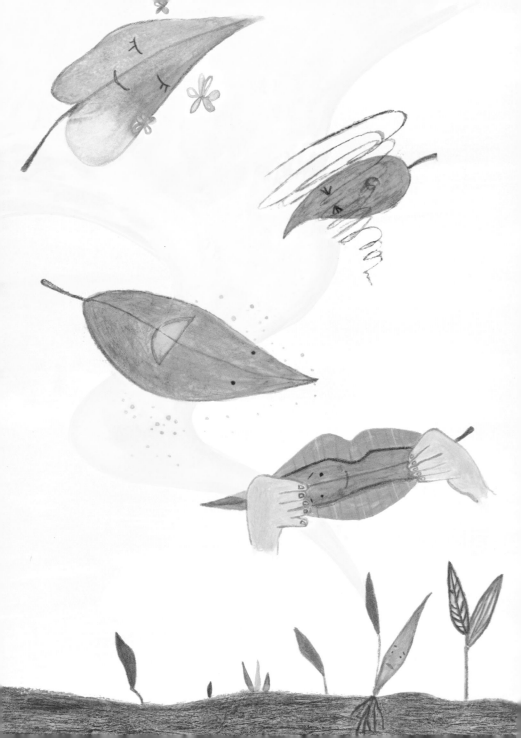

2 부

보물찾기

사람을 찾습니다

손전화에 뜨는 문자 메시지
또 누가 집을 잃어버렸나?

정신 놓은 할머니일까?
사춘기 중2 오빠일까?
시장 가다가 엄마 손 놓친 동생일까?

빨리 찾아야 할 텐데
따뜻하고 행복한 집이 되려면

아픈 할아버지를 위해 기도하듯이
눈감고 조용히 기도했다

벽걸이 시계에게

못이 준 아픔
참고 감싸안으니
소중한 시계, 네가 걸리네

내가 싫다고 해 봐
못 뺀 그 자리
뽕
뽕
뽕
빈 구멍만 남겠지

골프공

푸른 초원을
휙휙 날다가
다리도 아프고
힘들어

어느 집
담장 위에 나란히 앉았어

혹시
네 손 다칠까 봐

누룽지가 사랑받는 이유

수백 개의 밥알이
힘들수록

한마음으로
똘똘
뭉쳤기 때문이다

고소한 냄새를 풍기며

쓰레기통 2

부엌 귀퉁이에 앉아 있는
하마 한 마리

목구멍까지 차도
자꾸만 먹고 있다

먹다가 먹다가
배가 터지려고 하면
그제야 뿌지직!

와!
저 많은 똥이
어디에 들어 있었을까?

조심조심

아빠 차가 마을에 도착했다
빠르게 달리던 차가 서서히 속력을 늦추었다

가까이 노란색, 흰색이 교대로 칠해진
과속방지턱이 보였다

—여기서는
　쉿, 천천히!

앞바퀴가 뒷바퀴에 눈짓하며
조심스레 지나갔다

—오호!
　잠깐 숨고르기 하라고

멋모르고 따라오던 뒷바퀴도
사알짝 숨을 참고 넘어갔다

쓰레기통의 충고

주위에
온갖 이야기 다 들어주는
나도 힘들 때가 있지

속이 꽉 차
숨 막히니까

나무도
속 비운 나무가
오래 산다고 하지 않니?

네 속을 훌훌 털어 봐
행복해질 테니까

장마

하느님도
단단히 독감에 걸리셨나 보다

주룩주룩
콧물 흘리시다가

번쩍!
재채기하신 후

우르르 쾅~
코까지 푸시는 걸 보면

건전지가 하는 말

너를 깨우는 알람시계나
아빠 자동차 열쇠나
현관 자동문 속에서

내가 게으름을 부려 봐

아무도
보지 않는다고……

너는 어떻게 될까?

동시 쓰기는

보물찾기란다

자연과
인간 사이에서

눈으로 보고
마음으로 느끼는

사랑,
용기,
꿈,
우정,
자유……

이미
누가 발견했다 해도
거기서 새로운 것을 찾는다면
더 귀한 보물이 되지

새 단짝

고장 난 전자 오르간
아파트 마당에 나왔다가
할아버지 농장으로 옮겨 왔다

네 살짜리 동생과 나
너무 좋아 입이 귀에 걸렸다

그동안 입 꾹 다물고 있던
전자 오르간 가슴도
콩닥콩닥 쿵덕쿵덕

지진도 못 말려

뭐, 인간이 최고라고?
이래도~
땅이 쩍 갈라지며
건물이 와장창 무너졌다

건물더미 속에서
숨진 엄마와 탯줄 단 아기가 구조되었다
무사히 아기는 살았다

─엄마 마음은 아무도 못 말리는 겨!

무지개 2

울다가
웃으면서

지구가 하는 말
―사랑해

눈물 어린
눈썹 사이로

반짝 빛나는

일곱 빛깔
무지개

꽃향기 포옹

우리 엄마가 동생이 아파서
병원 간다고 바쁘게 운전하다
앞차에 살짝 부딪혔다

벌벌 떨며 사과하는 엄마에게
앞차에서 내린 늙수그레한 아줌마가
엄마 등을 꼭 안아준다

—걱정 마요. 빨리 병원이나 가 봐요

활짝 웃는 엄마와 미소 띤 아줌마
향기 나는 꽃이다

결혼식 소동

양복 입은 네 살 동생과 예쁜 치마 입은 나는
한 손에 꽃바구니를 들고 신랑 신부 앞에 섰다
우리는 손잡고 천천히 앞으로 갔다
갑자기 동생이 뒤돌아보며 엄마를 찾았다
되돌아가는 동생을 보고, 사람들이 와 웃었다

깜짝 놀란 엄마가 다시 나와
동생을 살며시 돌려세워 등을 밀었다
동생은 가다가 다시 엄마가 사라지자
그 자리에 그만 주저앉아 버렸다

─저기 꽃 울타리 밑에서
   신랑 신부가 우릴 기다리고 있는데

화난 나는 땅에 주저앉아 버린 동생을 내려보다가
주먹으로 꿀밤 한 대를 세게 먹였다
사람들이 다시 와 웃었다
음악이 신나게 흘러나왔다
나는 혼자 앞으로 나갔다

엄마가 다시 동생을 일으켜 바로 세웠다.
동생은 나를 보더니 그제야 앞으로 슬금슬금 걸어 나왔다
한참 기다리며 활짝 웃고 있는
외삼촌과 외숙모에게 드디어 꽃바구니를 전했다.
사람들이 와 손뼉을 쳐 주었다

3부

우크라이나 아이

오동나무의 소원

기어이
가야금이 되고 싶어
오랜 시간
눈과 비바람과 햇볕을
고스란히
온몸으로 견디었어

두드리면
──둥
맑은 북소리 날 때까지

어떤 시련이라도
잘 이겨내야
희로애락* 마음대로
노래할 수 있다지

★희로애락 : 사람의 네 가지 감정(기쁨, 노여움, 슬픔, 즐거움)

세종대왕의 나들이

은행에서
방금 나온 빳빳한 만 원짜리 지폐

세뱃돈으로 철이 주머니에 들어갔다가
오락한다고 문구점 주인 금고에 잠시 누웠다가
배고픈 할배 돼지국밥값으로 변했다가
거리공연 하는 가수 바구니에 들어가 흥얼거리다가
드디어 지하철 앞 노숙자 소쿠리에 누웠다가

곳곳을 누비며
서민들 살림살이 살피러 나온
암행어사야!

비라의 피난 준비

우크라이나에 미사일이 터졌다

피난 가는 샤사 마코비는
기저귀 찬 두 살짜리 비라 등에
이름과 나이, 전화번호를 적었다

혹시 엄마와 헤어지더라도
제 이름과 나이는 알아야 한다고

어린 비라는 생각했겠지
'엄마가 내 등에서 글자 놀이하나?'

인제 그만 우크라이나에
웃음 폭탄이나 마구 터졌으면 좋겠다

귓밥

아무짝에도 쓸모없는
귓밥*일까?

아니야!
귓밥이 있어야
남 흉보는 이야기는
흘려듣고
내게 귀한 말은
새겨듣지

★귓밥 : 귀지의 사투리

뻐꾸기가 구슬프게 우는 이유

뻐꾹!
뻐꾹!

미안해
내 마음도 몹시 아프단다
뱁새 둥지에 알을 낳아 놓고
능청스럽게 사는 내 맘이 어떻겠니?
뱁새 알을 바깥으로 떨어뜨려야 하는
내 마음도 못 견디게 아파
난 다리가 짧아 새끼를 품을 수 없단다
내 새끼에게나 뱁새에게나
너무너무 미안해
하루도 마음 편한 날이 없구나
그렇지만 내가 네 어미란다
아가야, 우리 따라 강남 가자

뻐꾹!
뻐꾹!

억울하겠다, 뱁새

어찌 보면 내 알인 듯하고
어찌 보면 아닌 듯도 하고
정말 헷갈려

자기 알은
둥지 밑으로 떨어뜨려
다 깨 버린 줄도 모르고
자기보다 훨씬 덩치가 큰
뻐꾸기 새끼 입에
먹이 넣어 주느라
종일 바쁜 뱁새 부부

알고 보면
참 억울하겠다

똑같다

비만 오면
날개 활짝 펴고
온몸 흠뻑 적시는
우산이나

쉴 새 없이
고개를 물속에
들이박고 물을 끼얹는
거위나

모두 모두 신난다

실컷 놀고는
날개를 활짝 펴고
타타타타

쉴 새 없이
물방울을 튀겨 내는
그 모습

귀지 파는 날

귀가 떨거덕거려
엄마 무릎 베고
귀지를 판다

—아이고, 이게 뭐야?

엄마 향기 솔솔
엄마 숨소리 색색
머리카락 귀 뒤로 넘기는
엄마 손길에
살포시
벌써 꿈나라다

웃음 부메랑

고맙습니다
감사합니다
사랑합니다

내가 먼저
한 번 웃으면

부메랑이 되어
더 큰 웃음으로
내게 돌아오지

이자까지
곱빼기로 붙어서

목탁 소리

살구나무 속
텅 비워
맑은 소리 내지

욕심
훅 비워
깨끗한 마음으로

잘 때도 눈감지 않는
물고기처럼

늘
깨어 있어야지

텅 빈 교실에서

우리가 친구들 만나면 떠드는 것처럼
교실 속 책상과 의자들도 쉬지 않고 떠든다

—애! 우리 주인은 뭘 잘못 먹었나 봐
　계속 뿡뿡 방귀를 뀌어, 아이 지금도 냄새나

—아니, 내 주인은 잠도 못 잤나 봐
　계속 엎드려 쿨쿨 자

—내 주인은 마음이 참 고와
　낙서 된 내 얼굴 깨끗이 지워 줘

—쉿, 누가 와. 조용!

시끌벅적한 교실이
갑자기 꿀 먹은 벙어리가 되지

말 한마디

아빠는 참 이상하다
엄마가 이것저것 만들어 주면

―고맙소
―수고 많소

그 말 한마디가 그리 어렵나?

당근즙 한 잔 주고
얼른 마시라고 했더니
뭐, 침과 함께 천천히 먹어야 한다나

남에게는 잘해도
가족에게 잘하기는 참 어렵나 보다

말 한마디의 힘

　대학생 삼촌이 국수가 먹고 싶어 배달을 시켰더니 1시간 이나 지나도 오지 않아 가게에 전화했대. 잠시 후 어르신이 차를 타고 가다 보니 막혀서 좀 늦는다고 하더래. 오토바이 도 아니고 차를 타고 언제 오느냐고 짜증을 냈대. 도착한 국 수는 역시 다 식고 퉁퉁 불어 있었대. 곧이어 도착한 문자 한 통

　―선생님, 늦어서 죄송합니다
　　제가 경력이 짧아 빠르지를 못해서 그러니
　　너그러운 양해 바랍니다

　―아닙니다. 항상 운전 조심하시고
　　새해 복 많이 받으십시오

　한참 어린 사람에게 선생님이라는 극존칭을 쓰며 사과하 는 할아버지뻘 배달기사의 진심 어린 사과에 짜증은 다 사 라지고 국수를 맛있게 먹었대

축구공

이모부와 함께
축구공으로
헤딩하는 연습을 한다

탁!
탁!
탁!

집에 가자는
엄마 말씀에

―가기 싫어
　계속 놀고 싶어

―이모부 몸살 나시겠다

축구공이
날 꽉 잡고
놓아 주질 않는다

4부

100개의 드론처럼

내 동생

자동차 타고 가다
물 마시고 싶은
1학년짜리 내 동생

아, 엄마!
내 몸이 시들어 가나 봐요

덕분에

부추와
방아와
홍합이

밀가루 덕분에
한데 모였지

뜨거운 찜질방에서
손잡고 누워

지글지글 이야기 나누며
노릇노릇 몸을 지지지

얄팍하고 고소한
부추부침개가 될 때까지

빈틈

보도블록 사이 빈틈에는
민들레꽃 피고

손가락 사이 빈틈에는
친구 손과 깍지 끼고

나무와 나무 사이 빈틈에는
하늘이 들어오고

내 마음 빈틈에는
시가 들어와 산다

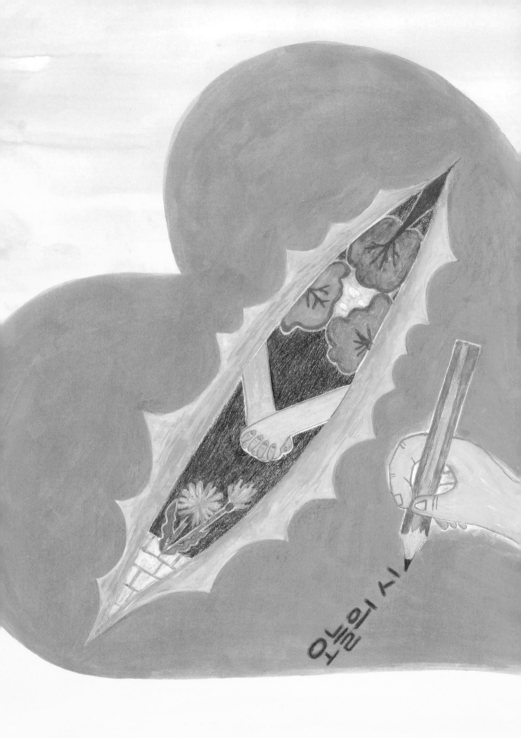

똥 덩어리

할아버지 텃밭에는
토끼 똥!
닭똥!

우리 집 마당에는
강아지똥!

하늘에는
별똥!

우리 집 안방엔
아기 똥!

서로 잡초

잔디밭에서는
내가
잡초지만

토끼풀밭에서는
잔디,
네가
잡초인 거 알아?

감자꽃 필 때

감자꽃 피었다
하얀 감자꽃

할머니랑 봄에
씨감자 반으로 잘라
재를 묻혀 흙 속에 심었는데

그 아픈 상처 호호 불고
잘 감싸 안으며
새순 쑥쑥 올리더니

어느새
감자꽃이 피었네
하얀 감자꽃

봉숭아 꽃물

학교에서 심은 봉숭아 화분
집으로 가지고 왔어

물만 먹고도 쑥쑥 자라는 봉숭아
드디어 자주색 꽃이 피었네

엄마랑
양쪽 손톱에 실로 꽁꽁 묶어
꽃물 들였는데
매니큐어보다 더 예뻐

짠~
엄마랑 같이 찍은
열 손가락 사진

내 마음속에도
볼그레한 꽃물이 들었어

성질 급한 땅콩

엄마랑
땅콩을 캤다

줄기와 뿌리에 총총
땅콩이 달렸다

땅속을 파 보니
엄마 고무신 같은 땅콩이
군데군데 숨어 있었다

어떤 땅콩은 껍질을 비집고
벌써 여린 싹을 내밀었다

성질 급한
나 닮았다

민들레의 꿈

누가 밟아도 좋아
개똥을 누어도 좋아

예쁜 손으로
하얀 공 모양 갓털이 달린
민들레 줄기를 꺾어 들고
저 푸른 하늘 향해
후~
불어 봐

100개의 드론처럼
하늘 높이 날다가

내 마음 가는 곳에
살풋 내려
다시 한 번 싹 틔울 테니까

올챙이와 개구리

개구리가 올챙이에게 말했어

—너 아직도 촌스럽게 꼬리 달고 다니니?

올챙이도 개구리에게 한마디 했지

—넌 아직도 엄마 찾는다고 개골개골 우니?

껌딱지

내 친구 할아버지
항암 중이라면서도

비 온 후
다대포 공원 근처에서
바닥에 붙은 껌을
끌칼로 밀고 있다

잔소리하는 할머니에게는
놀다 왔다고
거짓말까지 하고서

엄마 몰래
점심시간에 친구들과
1학년 교실 가서
청소하는 나처럼

손수건

우리 누나다

뒷주머니에 있다가
밥 먹거나
손 씻거나

꼭 뒤따라와
포근하게
닦아 주고 감싸 주는

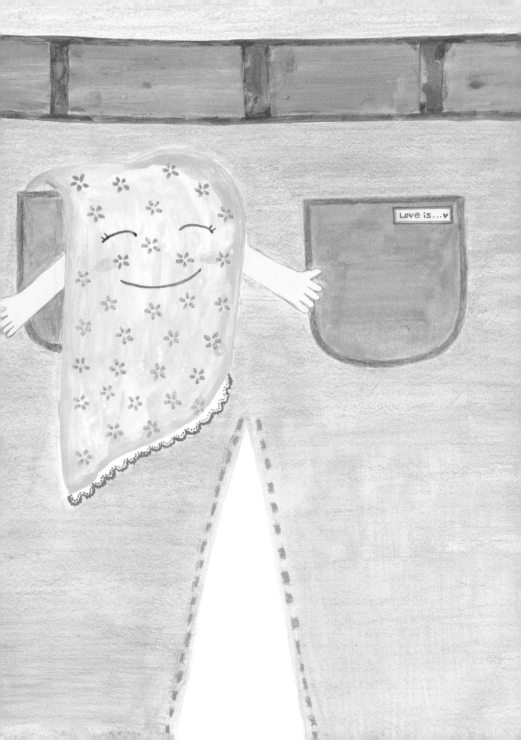

능소화

내 친구 얼굴이다

한여름
고속도로 울타리나
집 대문 앞에

해지는 하늘
주홍빛 노을처럼

정답게
웃어 주는

참고 견딤 그리고 안아 줌

박선미 (동시인, 문학박사)

구옥순 시인은 1957년 경북 군위에서 태어나 부산에서 자랐습니다. 부산교육대학을 졸업하고 오랜 시간 교직에 몸담았다가 교장 선생님으로 정년퇴임을 했지요.

1981년 부산MBC에서 공모하는 신인문예상에 당선되어 시인이 되었으니 작품 활동을 한 지 벌써 44년이 되었습니다. 그동안 동시집 『오른손과 왼손』, 『꼬랑 꼬랑 꼬랑내』, 『말의 온도』, 『하느님의 빨랫줄』, 『야, 시큼털털한 김치!』를 펴내어 문단에서 좋은 평을 받았으며 독자들의 사랑도 듬뿍 받았답니다. 시인의 작품 중 동시 「벌」은 국어 교과서에 실리기도 했고, 부산아동문학상과 최계락문학상을 받기도 했습니다.

필자에게 구옥순 시인은 부산여자고등학교와 부산교육대학을 졸업한 선배이기도 하고, 같은 종교를 믿는 교우이기도 하고, 부산아동문학인협회에서 같이 활동하는 선배 시인이기도 합니다. 그래서 시인이 엄마로서 아내로서 며느리로서 감내해 온 삶과 교사로서 혹은 교장 선생님으로서 어린이들을 얼마나 사랑했는지, 작가로서 얼마나 치열하게 작품에 대해 고민하는지를 두루 알고 있어 이 글을 쓰게 되었답니다.

권영상 시인은 동시집『하느님의 빨랫줄』해설에서 "구옥순 시인이 일관되게 독자들에게 보내는 메시지는 분명하지요. 누구에게나 아픔과 상처는 있다. 하지만 상처를 딛고 일어나는 데엔 서로를 잡아 주는 손이 필요하며 그 손을 통해 존재는 더욱 완전해진다는 것입니다. 구 시인 시의 오솔길에서 길을 잃지 않으려면 반드시 그 암호를 지니고 있어야 합니다."라고 말했습니다.

다섯 번째 동시집『야, 시큼털털한 김치!』는 음식을 소재로 한 특화된 동시집이었기에 예외로 둔다면 이번 동시집『무지개 윙크』에서도『하느님의 빨랫줄』에서 보여준 메시지가 이어지고 있어 권영상 시인이 말한 암호가 시를 이해하는 데 유용한 길잡이가 되리라 생각됩니다.

시인은 늘 밝게 웃으며 힘든 일을 모두 이겨낼 수 있었던 원동력이 동시 쓰기였다고 고백한 적이 있습니다. 집안일을 하면서 또 학교생활에서 받은 스트레스도 마음 빈틈에 찾아온 동시 덕분에 풀수 있었던 것이지요.

> 보도블록 사이 빈틈에는
> 민들레꽃 피고
>
> 손가락 사이 빈틈에는
> 친구 손과 깍지 끼고

나무와 나무 사이 빈틈에는

하늘이 들어오고

내 마음 빈틈에는

시가 들어와 산다

─「빈틈」 전문

동시에 어떤 매력이 있기에 이런 힘을 줄까요?

동시집 『무지개 윙크』를 읽어 보면 잘 알 수 있답니다.

여섯 번째 펴내는 동시집 『무지개 윙크』에 실린 작품은 모두 57편입니다. 57편의 작품은 대체로 순수한 동심의 세계를 밝고 경쾌하게 노래하지만, 동식물의 생태계나 우크라이나의 전쟁 문제에 대해 고민도 하고, 더 깊은 내면에는 행복한 세상을 만들기 위해 우리는 어떻게 살아야 할까에 대한 성찰도 숨어 있어요.

동시집은 제1부 '꿈꾸는 씨앗', 제2부 '보물찾기', 제3부 '우크라이나 아이', 제4부 '100개의 드론처럼'으로 나누어 우리가 읽고 감상하기에 편리하게 구성되어 있습니다. 그럼, 구옥순 시인이 펼쳐 놓은 동시의 매력을 탐험하러 떠나 볼까요?

모든 것을 내어 주는 엄마의 마음

동시집 『무지개 윙크』에 실린 작품을 읽다가 가장 먼저 든 생각은 엄마로서 느낀 모성애입니다. 시인은 남매를 잘 기른 엄마이기도 하고 지금은 두 명의 손주를 둔 할머니이기도 합니다. 동시집 전체에는 모성애를 느낄 수 있는 작품이 여럿 있는데 그중 필자의 마음을 크게 움직인 작품은 「꽃은 다 어디 갔을까」입니다.

<blockquote>

무화과는
꽃 없는 열매라는데
손으로 툭 잘라 보면
열매 속은
온통 꽃밭이다

꽃이란 꽃은 몽땅
열매에게 다 줘 버린
무화과나무

울 엄마
쏙 닮았다

</blockquote>

—「꽃은 다 어디 갔을까」 전문

무화과는 '꽃이 없는 과일'이라는 뜻이지만, 실제로는 꽃이 없는 것이 아니고 꽃자루 맨 끝의 불룩한 부분에 둘러싸여 밖에서는 잘 보이지 않아 붙은 이름이에요. 무화과는 달콤하고 부드러워 껍질째 먹을 수 있지요. 또 무화과는 열매처럼 생겼지만 우리가 먹는 빨간 부분은 꽃이며, 우리 눈에 보이는 껍질은 사실 꽃받침이랍니다.

「꽃은 다 어디 갔을까」는 이런 무화과의 생태를 잘 알아야 이해가 되는 시입니다. 시인은 무화과 열매를 "꽃밭"과 "엄마"로 표현하였어요. 이것을 비유라고 하는데, 비유는 원 대상과 비유의 대상에 공통점이 있어야 알맞은 비유가 될 수 있어요. 무화과 열매의 속은 색깔이 빨갛습니다. 채송화나 백일홍이 가득 핀 꽃밭을 떠올려 보면 시인이 빨간 무화과 속을 꽃밭이라고 표현한 것에 공감이 됩니다.

또 무화과는 외관상 꽃은 보이지 않지만 과실 안에서 속꽃이 열매와 함께 자라면서 우리가 먹는 과일이 되지요. 그래서 무화과는 자식을 위해 자신의 모든 것을 내어 주는 "엄마"가 될 수 있는 것입니다. 시인은 무화과의 속성을 잘 알고 그것을 적절한 비유를 통해 형상화하였습니다. 과일을 먹으면서도 엄마의 사랑을 떠올리는 시인의 따뜻한 마음이 우리에게 전해집니다. 이런 엄마의 사랑은 「지진도 못 말려」에서도 잘 나타나 있어요.

뭐, 인간이 최고라고?
이래도~
땅이 쩍 갈라지며
건물이 와장창 무너졌다

건물더미 속에서
숨진 엄마와 탯줄 단 아기가 구조되었다
무사히 아기는 살았다

—엄마 마음은 아무도 못 말리는 겨!

—「지진도 못 말려」 전문

2023년 2월 튀르키예와 시리아를 강타한 대지진으로 사상자가 속출하였습니다. 참혹한 지진으로 붕괴된 시리아 북부의 한 아파트 잔해더미에서 갓난아기가 숨진 엄마와 탯줄이 연결된 채 기적적으로 생존했다는 소식이 전 세계에 알려졌지요. 아기가 구조된 시각은 지진이 발생한 지 10시간이 지난 시점이었고 당시 기온이 영하로 떨어지는 등 악천후가 이어졌지만, 아기는 기적적으로 살아 남았습니다. 죽음의 문턱에서도 아기를 지키기 위해 온 힘을 기울인 엄마의 사랑이 있었기에 가능한 일이었지요. 무서운 지진도 엄마의 사랑을 이길 수 없다는 진리를 "엄마 마음은 아무도 못 말리는 겨"라는 말속에 담아 시인은 독자들에게 전하고 있습니다.

참고 감싸안는 마음

시인은 엄마의 마음을 더 발전시켜 사물의 마음도 이해합니다. 사물의 특성을 섬세한 눈으로 포착해 내고 우리가 살아갈 때 힘든 일이 있어도 참고 감싸안으면 멋진 일이 기다린다는 것을 독자들에게 넌지시 건넵니다.

못이 준 아픔
참고 감싸안으니

소중한 시계, 네가 걸리네

내가 싫다고 해 봐
못 뺀 그 자리
뽕
뽕
뽕
빈 구멍만 남겠지

—「벽걸이 시계에게」 전문

　"벽"이 자신에게 아픔을 주는 "못"을 미워하고 싫어해서 밀어냈다면 시계는 걸릴 수 없고 그 자리는 "뽕/뽕/뽕/빈 구멍만 남겠지"요. 당연한 말인데도 우리에게 주는 울림이 큰 작품입니다.

　「벽걸이 시계에게」에 나오는 "못이 준 아픔/참고 감싸 안"는 "벽"은 바로 시인의 모습입니다. 시인은 참 따뜻한 성품을 지녔습니다. 간혹 화가 날 법한 행동을 하는 사람을 만나도 웃는 얼굴로 부드럽게 조언을 건넵니다. 시인이 건네는 조언에는 상대방의 입장을 이해하고 참고 감싸안는 마음이 깔려 있어 그 조곤조곤한 말을 들으면 차가운 마음도 봄눈 녹듯이 녹고 말지요. 시인이 작품을 통해 독자들에게 보내는 메시지에도 그런 마음이 가득 담겨 있습니다. "벽"은 "못"이 나쁜 마음으로 자신에게 아픔을 준 것이 아니라 우리가 일상생활을 할 때 꼭 필요한 시계를 걸려고 어쩔 수 없이 했던 행동이라는 것을 이해하고 감싸안습니다.

　이솝우화에 나오는 '해님과 바람' 이야기를 기억하나요? 우리가 바라는 것을 얻기 위해서는 바람처럼 상대방을 차갑게 대하는 것보다 해님처럼 상대방을 안아 주는 따뜻한 마음이 필요하다는 것을 느끼게 해 줍니다.

> 너를 깨우는 알람시계나
> 아빠 자동차 열쇠나
> 현관 자동문 속에서
>
> 내가 게으름을 부려 봐
>
> 아무도
> 보지 않는다고……
>
> 넌 어떻게 될까?
>
> —「건전지가 하는 말」 전문

우리 어린이들이 때로는 늦잠도 자고 숙제도 미루고 싶은 것처럼 건전지도 가끔은 게으름을 부리고 싶을지도 몰라요. 하지만 건전지가 게으름을 부린다면 어떤 일이 생길까요? 시계도, 자동차 열쇠도 현관문도 작동되지 않아 우리의 일상은 마비가 되고 짜증으로 가득 찰 거예요. 우리는 물건의 소중함을 느끼지 못하다가 일상이 제대로 굴러가지 않게 되어서야 그 물건의 가치를 깨닫습니다. 건전지가 게으름 부리고 싶은 마음을 참고 자신의 역할을 해내는 덕분에 우리의 일상은 순조롭게 흘러갈 수 있지요. 참고 견디는 마음은 힘들지만 다른 사람을 위한 배려가 되고 우리가 살아가는 세상을 평화롭게 만든답니다. 작은 건전지를 가지고도 시인은 우리에게 소중한 교훈을 전하고 있습니다.

동시집 『무지개 윙크』에 실린 「쓰레기통의 충고」, 「누룽지가 사랑받는 이유」에도 이런 마음이 들어 있답니다.

순수한 어린이의 마음

시인은 엄마의 마음으로 사물의 마음을 이해하고 자연의 마음을 이해하며 우리가 살아가는 데 꼭 필요한 존중과 배려를 전하고 있습니다. 그리고 어린이와 같은 순수한 마음으로 자연현상을 바라보며 기발한 발상을 합니다. 시인의 천성이 밝고 긍정적이며 폭넓게 수용하는 마음을 가졌기에 가능한 일이라 생각됩니다.

비 오다가
잠깐 해가 나온 사이

지구 아이는
저 푸른 우주를 향해

빨
　주
　　노

초
　　파
　　남
보

찬란한 활시위를
당기는 중!

―「무지개」전문

하느님의
낚싯바늘인가 보다

해 질 녘
붉게 물든 서쪽 하늘
쳐다보는
내 마음

혹
채 가는

―「초승달」전문

　「무지개」와「초승달」은 두 편 모두 특별한 시인의 의도가 작용하지 않는 순수한 동시입니다. 그럼에도 불구하고 두 편의 시에서 재미성과 문학성을 확보한 이유는 기발한 발상과 비유 때문이지요.

모든 물체에는 생명이 있다고 믿는 물활론적 사고로「무지개」에
서는 무지개를 사람처럼 생각하여 "찬란한 활시위를/당기는 중"이
라는 기발한 발상을 했습니다. 더 나아가 무지개의 색깔 "빨주노초
파남보"를 활 모양으로 행을 배치하여 이미지화에도 성공하였어
요. 또 "활시위를/당기는 중" 앞에 "찬란한"이라는 형용사를 넣어
가볍지 않은 시가 되었어요.

　「초승달」에서는 초승달은 낚싯바늘이라는 은유법을 활용했습니
다. 그냥 낚싯바늘이 아니고 "하느님의 낚싯바늘"이라고 해서 초
승달의 형태 묘사에서 더 나아가 경건함까지 가미되었습니다. 우
리는 무언가 간절하게 바라는 일이 있을 때 하늘을 쳐다보지요.
"해 질 녘/붉게 물든 서쪽 하늘/쳐다보는" 어린이의 마음은 어떠할
까요? 하루를 마감하는 해를 보며 자신의 하루를 되돌아보고 잘못
한 일을 반성하는 마음일 수도 있고, 누군가를 그리워하는 애틋한
마음일 수도 있고, 힘든 일을 이겨낼 수 있게 도와달라고 기도하는
마음일지도 모릅니다. 그래서 시를 읽는 우리의 마음도 촉촉하게
젖어 듭니다. 이런 마음은 표제작인「무지개 윙크」,「소금쟁이」에서
도 발견할 수 있습니다.

　지금까지 동시집『무지개 윙크』속의 작품을 바탕으로 구옥순 시
인의 동시 세계를 탐색해 보았습니다. 우리가 살아가는 일상에서
찾은 따뜻한 장면을 놓치지 않고 쓴 감동을 주는 시부터 재미있는
상상력을 바탕으로 쓴 시, 자연을 노래하며 다른 대상에 비유한 시
등 다양한 소재의 시들을 만날 수 있었습니다.

　시인의 동시는 화려한 미사여구가 없어도 어린이뿐만 아니라 어

른들도 공감할 수 있는 작품이 많습니다. 시인은 시를 통해 참고 견디면 희망찬 미래가 펼쳐진다는 것을 말하면서, 긍정적인 마음, 욕심 없는 마음을 가지고 살아가길 응원합니다. 다음 시에 시인이 이 동시집에서 지향하는 마음이 잘 나타나 있습니다.

> 살구나무 속
> 텅 비워
> 맑은 소리 내지
>
> 욕심
> 혹 비워
> 깨끗한 마음으로
>
> 잘 때도 눈감지 않는
> 물고기처럼
>
> 늘
> 깨어 있어야지

—「목탁 소리」전문

목탁은 스님이 수행할 때 쓰는 도구이지요. 시인은 가톨릭 교우인데도 다른 종교에서 쓰이는 도구를 보면서 시를 떠올릴 정도로 마음에 경계가 없습니다.

꼭 종교적인 이유가 아니더라도「목탁 소리」에 나오는 목탁처럼

"욕심/훅 비워/깨끗한 마음"이 되면 비워 낸 그 자리에 맑고 그윽한 향기가 가득 찰 거예요. 그러려면 "잘 때도 눈감지 않는/물고기처럼" 자신의 몸가짐, 마음가짐을 돌아보며 늘 깨어 있는 마음을 가져야 하겠지요.

『무지개 윙크』의 발간을 축하하며, 이 시집을 읽는 많은 사람에게 시인의 마음이 전해져서 늘 곁에 두고 읽는 사랑받는 시집이 되면 참 좋겠습니다.

시읽는 어린이